I See the Sun in Myanmar (Burma)

မြန်မာ (ဗမာပြည်) မှာသာတဲ့နေ ကိုမြင်ရတယ်

Written by Dedie King
Illustrations by Judith Inglese

စာရေးသူ – ဒီဒီးခင်း
သရုပ်ဖော်ပုံရေးဆွဲသူ – ဂျူးဒစ်အင်းကလိစ်

Acknowledgements
အသိအမှတ်ပြုလွှာ

Thank you to Michelle Caplan and Bruce Lockhart for sharing your photographs with us for this book, and to Daw Than Myint for sharing her stories of growing up in a Burmese village.

မစ်ချယ်လ်ခက်ဖလင်နှင့် ဘရုစ်လော့ခ်တို့ကို ၍စာအုပ်အတွက်ယင်းတို့၏ဓာတ်ပုံများကို ဝေမျှအသုံးပြုခွင့် ပေးသည့်အတွက်လည်းကောင်း၊ ဒေါ်တင်မြင့်အား သူမကြီးပြင်းခဲ့သော မြန်မာရွာကလေးနှင့် ပတ်သတ်သော အကြောင်းများကို ပြောပြပေးသည့်အတွက် လည်းကောင်း ကျေးဇူးတင်ရှိပါသည်။

ISBN: 978-1-935874-20-1

Third Printing. Printed in Canada.

Translation by PawSHtoo B. Jindakajornsri for the University of Massachusetts Translation Center

ဘာသာပြန်သူ ဖေါစေးထူး မှမန်ဆက်ချူးဆက်တက္ကသိုလ်ဘာသာပြန်စင်တာ (University of Massachusetts Translation Center) အတွက်ဘာသာပြန်ဆိုပေးထားပါသည်။

For information about ordering this publication for your school, library, or organization, please contact us.

သင်၏ကျောင်း၊ စာကြည့်တိုက် သို့မဟုတ် အဖွဲ့အစည်းအတွက် ၍စာအုပ်ကို မှာယူလိုပါက ကျေးဇူးပြု၍ ကျွန်ုပ်တို့ကိုဆက်သွယ်ပါ။

Satya House Publications
P. O. Box 122
Hardwick, Massachusetts 01037 USA
(413) 477-8743
orders@satyahouse.com
www.satyahouse.com
www.iseethesunbooks.com

SATYA HOUSE PUBLICATIONS
Hardwick, Massachusetts

In appreciation of Sharon Salzburg's teachings of metta,
and for all those who teach, who study, and who practice the art of compassion.

မေတ္တာစာကိုသင်ကြားပေးသောရှယ်ရှွန်ဆော့ဇဘတ်နှင့် ချစ်ခြင်းမေတ္တာ၏အနုပညာ
ကို သင်ကြားပေး သောသူများ၊ လေ့လာသင်ယူသူများ၊ ကျင့်သုံးလေ့ကျင့်သောသူများ
အားလုံးတို့ကို အသိအမှတ်ပြု၍ ရေးသားထားပါသည်။

ဒေါင်ဒေါင်•••••••ဒေါင်ဒေါင်••••••••အဝေးမှကြားရသော စေတီခေါင်းလောင်းသံသည် အိပ်မောကျနေသော ကျွန်မကိုအိပ်ရာမှနိုးထလာစေခဲ့ပါသည်။ နံနက်အာရုံချိန်တွင်ဘုန်းတော်ကြီး များဖြည်းဖြည်းခြင်းလျှောက် လာပုံနှင့် ယင်းတို့နှုတ်ခမ်းမှ မေတ္တာစာများရွတ်ဖတ်သရဇ္ဈာယ်လာမည့်ပုံများ ကို ပုံဖော်ကြည့်မိပါသည်။ ကျွန်မအိပ်ရာမှထကာ မိမိအတွက် မေတ္တာတရားပွား၍ ရွတ်ဖတ်နေပါသည်။

ကျွန်မတို့ဘေးရန်အပေါင်းမှကင်းရှင်းပါစေ။
ကျွန်မတို့ပျော်ရွှင်ငြိမ်းချမ်းမှုနှင့်ပြည့်စုံပါစေ။
ကျွန်မတို့ကျန်းမာသန်စွမ်းကြပါစေ။
ကျွန်မတို့သောကအပေါင်းမှကင်းဝေးကြပါစေ။

Dong . . . dong. . . The temple bell sounds in my sleep like a distant heartbeat, calling me awake. I think of the monks slowly walking to the morning meditation, the loving-kindness chant softly on their lips: *May all beings live with ease.* I sit up in bed and say the *metta* phrases to myself:

> *May I be safe.*
> *May I be happy and peaceful.*
> *May I be healthy and strong.*
> *May I live with ease.*

ကျွဲကြီး၏နှာမှုတ်သံနှင့်လှည်းတစ်အိအိမောင်းနှင်လာသံသည် ကျွန်မကိုအိပ်ရာမှထကာ ပြတင်းပေါက်
ဆီသို့ အပြေးအလွှားသွားကြည့်မိစေသည်။ အဖေနှင့်အစ်ကိုသူရသည် ဧရာဝတီမြစ်မှ တစ်နေ့တာ
ငါးဖမ်းထွက်ရန်အတွက် ပစ္စည်းကိရိယာများကိုပြင်ဆင်နေသည်ကိုတွေ့ရပါသည်။ ယနေ့တွင် ကျောင်းမရှိ
သဖြင့် အစ်ကိုသူရသည် အဖေနှင့်အတူ ငါးများရန်လိုက်သွားမည်ဖြစ်ပါသည်။ ကျွန်မစိတ်ထဲတွင်တော့
"သူတို့ဘေးကင်းကြပါစေ" ဟု တိုးတိုးတိတ်တိတ်လေး ရေရွတ်မိပါသည်။

The snort of a bullock and creak of a cart wheel makes me
get out of bed and run to the window. I see Ah Pe and my
brother A Ko Thura loading their gear for a day of fishing on
the Irrawaddy River. A Ko Thura will go with Ah Pe because
there is no school today. My heart whispers:

May you be safe.

ဗုဒ္ဓမြတ်ဘုရားအတွက် ဉယျာဉ်ထဲမှစံပယ်ပန်းများကိုကျွန်မခူးယူပါသည်။ အဖွားနှင့်အတူတူထိုင်ကာ ကျွန်မတို့ မနက်စာမစားမီတွင် အမေက ထိုပန်းများကို ဘုရားစင်ပေါ်ကပ်ပေးပါသည်။

I gather jasmine flowers from the garden for Buddha.
Ah Me places the flowers on the altar before we sit
for breakfast with A Phwar.

9

ကျွန်မတို့ အိမ်တွင်အမြဲ ဆွမ်းခံရန် ရပ်နားလေ့ရှိသော ဘုန်းတော်ကြီးများကို ကျွန်မတို့ ခြံဝင်းအတွင်းတွင် ငြိမ်သက်စွာစောင့်ဆိုင်း နေသည်ကိုတွေ့ရပါသည်။ နေ့စဉ်ဆွမ်းခံရန်အတွက် ရောက်ရှိနေခြင်းဖြစ်ပါသည်။ အမေကကောက်ညှင်းလုံးများ၊ ဟင်းနှင့်မာလကာသီးတို့ ကိုဟင်းခွက်များ အတွင်းထည့်ကာ ကျွန်မကို ယူဆောင်သွားစေပါသည်။ ဘုန်းတော်ကြီးများ၏ ငြိမ်းချမ်းသောအပြုံးများကကျွန်မအားငြိမ်သက်မှုကို ပေးပါသည်။ အသက်အကြီးဆုံးဘုန်းတော် ကြီးကငြင်သာစွာဖြင့် "ပျော်ရွှင်နိုင်ကြပါစေ" ဟုမေတ္တာပို့ပါ သည်။

I see the monks who always stop by our house waiting quietly in the yard. They are on their daily alms walk. Ah Me lets me bring out some sticky rice balls, curry, and guava to place in their bowls. Their peaceful smiles circle me with calm and the elder monk softly says:

May you be happy.

11

"အေးအေးရေဒီကိုလာပါဦး။" "သမီးကိုအဆင်သင့်ဖြစ်အောင်ပြင်ဆင်ပေးမယ်" ဟုအဖွားက လှမ်းခေါ် ပါသည်။

အဖွားအရှေ့တွင်ကျွန်မဒူးထောက်ထိုင်လိုက်ပြီး အဖွားက ကျွန်မမျက်နှာပေါ်တွင် သနပ်ခါးဝါဝါလေးကို တစ်နေ့တာနေရောင်ခြည် အပူဒဏ်မှ ကာကွယ်ရန်အတွက် လိမ်းပေးပါသည်။

"Aye Aye, come here," calls A Phwar. "Let me help you get ready."

I kneel before her and she puts *thanaka*, the yellow paste, on my face to protect it from the strong heat of the day.

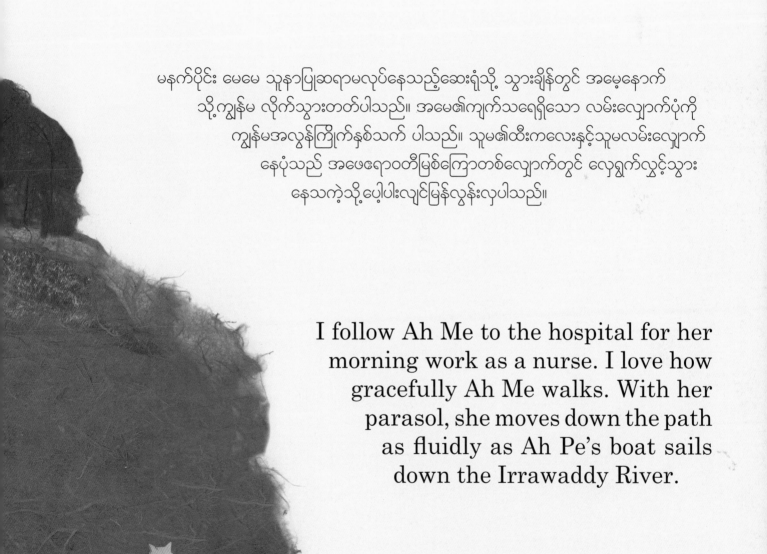

မနက်ပိုင်း မေမေ သူနာပြုဆရာမလုပ်နေသည့်ဆေးရုံသို့ သွားချိန်တွင် အမေ့နောက်
သို့ကျွန်မ လိုက်သွားတတ်ပါသည်။ အမေ၏ကျက်သရေရှိသော လမ်းလျှောက်ပုံကို
ကျွန်မအလွန်ကြိုက်နှစ်သက် ပါသည်။ သူမ၏ထီးကလေးနှင့်သူမလမ်းလျှောက်
နေပုံသည် အဖေရောဝတီမြစ်ကြောတစ်လျှောက်တွင် လှေရွက်လွှင့်သွား
နေသကဲ့သို့ ပျော့ပါးလျင်မြန်လွန်းလှပါသည်။

I follow Ah Me to the hospital for her
morning work as a nurse. I love how
gracefully Ah Me walks. With her
parasol, she moves down the path
as fluidly as Ah Pe's boat sails
down the Irrawaddy River.

15

ဆေးရုံသို့ရောက်သော်ရွာသားများနှင့်ဘုန်းတော်ကြီးများသည် ဆေးကုသမှု
ခံယူရန်နှင့် ဆရာဝန်နှင့် တွေ့ဆုံရန်အတွက် တန်းစီစောင့်ဆိုင်းနေကြပါသည်။
ဗုဒ္ဓရုပ်ပွားတော်ကကျွန်မတို့အားလုံး အပေါ်မှ ငြိမ်းချမ်းမှုအပြည့်ဖြင့်ပြုံးကြည့်လျက်
ရှိပါသည်။ အမေသည်လူငယ်လေးတစ်ဦး၏ကျိုးနေသော လက်မောင်းအပေါ်သို့
ပတ်တီးစည်းပေးပါသည်။ ကျွန်မ၏စိတ်ထဲတွင်မူ၊
"ကျန်းမာသန်စွမ်းပါစေ" ဟုရွေ့ရွတ်မိပါသည်။

At the hospital the villagers and monks line up for appointments
and treatments. The Buddha smiles peacefully down on all of
us. Ah Me puts a splint on a young boy's broken arm. As he
winces in pain, I think in my heart:

May you be healthy and strong.

16

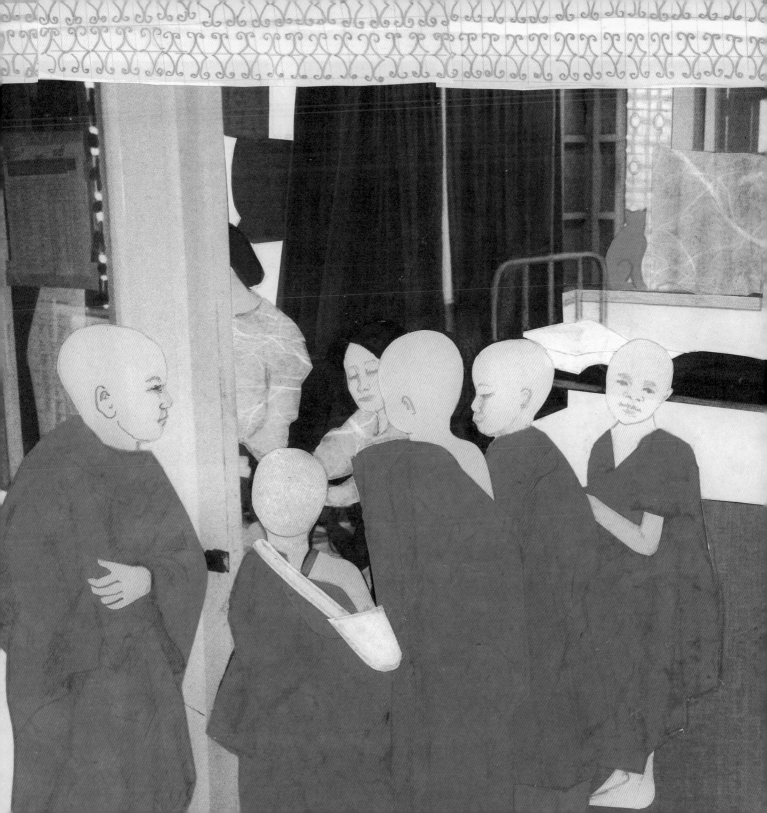

နေ့လည်ပိုင်းတွင် နေသည်အလွန်မြင့်ပြီးပူပြင်းလှပါသည်။ အမေနှင့်ကျွန်မတို့ အဖွား ပြင်ဆင်ထားသော နေ့လည်စာ ကိုစားရန်အတွက် အိမ်သို့ပြန်လာကြပါသည်။ ကျွန်မတို့သည် အရသာရှိလှသည့် ပဲများနှင့် ဆန်မုန့်များ ကို ငါးဟင်းဖြင့် စားခဲ့ပါသည်။

At midday, the sun is high and hot as Ah Me
and I return home for the lunch that A Phwar
has prepared. We eat the delicious rice cakes
with peas and fish curry.

နေ့လည်စာစားပြီးနောက် ကျွန်မသည် အိမ်ဘေးနားမှ ကျွန်မ၏သူငယ်ချင်းစန္ဒာကြည်ထံသို့ သွားဆော့ ပါသည်။ ကျွန်မတို့အတူတကွ ဖန်ခုန်ကစားနည်းကစားကြပြီးနောက် သစ်ပင်ပေါ်မှကြွေကျလာသော ကြယ်ပန်းများနှင့်ပန်းကုံးလုပ်တမ်း ကစားကြပါသည်။

After lunch I go next door to find my friend, Sanda Kyi. We play hopscotch and then make garlands for ourselves with the star flowers that have fallen from the tree.

နေ့ခင်းဘက်တွင် ကျွန်မသည် ကျွန်မ၏ကြောင်ကလေးနှင့်ကစားကာ သူမ
နောက်သို့လိုက်လျှောက် ကြည့်ပါသည်။ သူမလမ်းလျှောက်သည့်နည်းတူ
ညင်ညင်သာသာလျှောက်တတ်အောင် ကျွန်မ ကြိုးစားကြည့်ပါသည်။
ကျွန်မကြီးလာလျှင်အမေ့ကဲ့သို့ကျက်သရေရှိချင်လှပါသည်။

Mid-afternoon I play with my cat and practice following her. I try to practice walking as smoothly as she does. I want to grow up to be as graceful as Ah Me.

ကျွန်မအိမ်အတွင်းသို့ဝင်သော် အမေကညနေခင်းတွင် ရောက်လာမည့် ည့်သည်တစ်ဦးအတွက် အထူးလက်ဖက်ကိုပြင်ဆင်နေပါသည်။ ည့်သည်ဒေါ်ခင်သီရိရောက်လာသော် အမေနှင့်အဖွားတို့က သူမအနားတွင်ထိုင်ကြပြီး၊ ကျွန်မကည့်သည်ကို လက်ဖက်နှင့်ည့်ခံပါသည်။ အထူးပြုလုပ်ထားသည့် ခွက်ကလေးထဲတွင် အပိုင်းလေးများခွဲကာ ထည့်ထားသော လက်ဖက်ခါခါလေး နှင့်ဆား၊ ရှောက်သီး၊ မြေပဲနှင့်အခြားပဲအကြော်အလှော်များတို့ကို ကျွန်မအလွန် နှစ်သက်ပါသည်။

When I go into the house, Ah Me is preparing a special tea for our afternoon visitor. When Daw Khin Thiri arrives, Ah Me and Ah Phwar sit with her and I help serve the *la phet*. I love this bitter tea with the special bowl divided into many sections that hold salt, lime, peanuts, and fried beans.

ဒေါ်ခင်သီရိသည် အမေနှင့်အဖွားတို့အား သူမ၏သားသည်
အဝေးတစ်နေရာဖြစ်သည့် ရန်ကုန်မြို့တော်ကြီးတွင် သွားရောက်နေထိုင်ကြောင်း၊
သူ့အတွက် စိတ်ပူပန်မိကြောင်း ပြောပြရင်း မျက်ရည်များ စီးကျလာပါသည်။
ကျွန်မစိတ်ထဲတွင် "သက်ရှိသတ္တဝါအပေါင်းသောကကင်းဝေးကြပါစေ"
ဟုတိုးတိုးလေးရွတ်မိပါသည်။

Tears appear as Daw Khin Thiri
tells Ah Me and Ah Phwar of her
worries about her son who lives far
away in the big city of Yangon.
I whisper:

May you live with ease.

26

နေဝင်ချိန်လှဆဲဆဲတွင် အဖေနှင့်အကိုသူရတို့သည်မြစ်ထဲမှပြန်လာကြပါသည်။ သူတို့ သည် ငါးခြင်း အကြီးကြီး တစ်တောင်းကိုယူဆောင်လာကြပါသည်။ အဖေသည်အချို့ သောငါးများကို အိမ်အပြင်ဘက်ရှိ ဖျာပေါ်တွင် အခြောက်လှန်းရန် သွန်လိုက်ပါ သည်။ အချို့မှာရောင်းရန်အတွက်ဖြစ်ပါသည်။ အမေက ကျန်ရှိနေသည့်ငါးအချို့ ကိုညနေစာအတွက် ချက်ပြုတ်ရန် မီးဖိုချောင်သို့ယူဆောင်သွားပါသည်။

As the sun is setting, Ah Pe and A Ko Thura
return from the river. They bring a large basket
of fish with them. Ah Pe puts some of the fish
outside on a mat to dry. Some are to sell. Ah Me
brings the rest into the kitchen to cook for dinner.

ကျွန်မတို့အားလုံးသည် ငါး၊ ဟင်းနှင့် ဟင်းသီးဟင်းရွက်များထည့်ထားသော လင်ပန်းအကြီးကြီးရှေ့တွင် အားလုံးဝိုင်းထိုင်ကြပါသည်။ ကျွန်မတို့လက်များထိုလင်ပန်းကြီးထဲမှ အရသာရှိလှသော ဟင်းများကို တစ်လုတ်ပြီးတစ်လုတ် ယူစားကြပါသည်။ အဖေက လက်ရည်တစ်ပြင်တည်းစားခြင်းသည် ညီညွတ်မှုကို ထင်ဟပ်ပေါ်လွင်စေပြီး အတူတကွချစ်ခင်ရင်းနှီးမှုကို ခိုင်မာစေမည်ဖြစ်ကြောင်းပြောလေ့ရှိပါသည်။

We all sit around the large tray that holds the fish, curry, and vegetables. We use our hands to dip out the delicious morsels from the common bowls. Ah Pe repeats the old saying about a family who shares the same curry sauce on their fingers shows unity and will be strong together.

အမှောင်ထုအိမ်အတွင်းသို့ ချဉ်းနီးဝင်ရောက်လာသောအခါ အမေသည် မီးအိမ်လေးကို ထွန်းညှိလိုက်ပါ သည်။ ကျွန်မတို့သည် စိတ်ကျေနပ်မှုအပြည့်ဖြင့် အတူတကွထိုင်ကာ တစ်နေ့တာ အဖြစ်အပျက်များကို စကားစမြည် ပြောဆိုကြပါသည်။ ထို့နောက်အဖေက ကျွန်မတို့ကို ဘုရားစင်ရှေ့သို့ဦးဆောင်သွားကာ ညနေပိုင်း မေတ္တာစာများကိုရွတ်ဆိုကြပါသည်။

သက်ရှိသတ္တဝါအပေါင်းတို့ဘေးကင်းကြပါစေ။
သက်ရှိသတ္တဝါအပေါင်းတို့ပျော်ရွှင်ငြိမ်းချမ်းကြပါစေ။
သက်ရှိသတ္တဝါအပေါင်းတို့ကျန်းမာသန်စွမ်းကြပါစေ။
သက်ရှိသတ္တဝါအပေါင်းတို့သောကကင်းဝေးကြပါစေ။

Ah Me lights a lamp as dusk begins to fill the house. We sit contentedly together and talk about the day. Then Ah Pe leads us to the altar where we all say the evening *metta*.

May we be safe.
May we be happy and peaceful.
May we be healthy and strong.
May we live with ease.

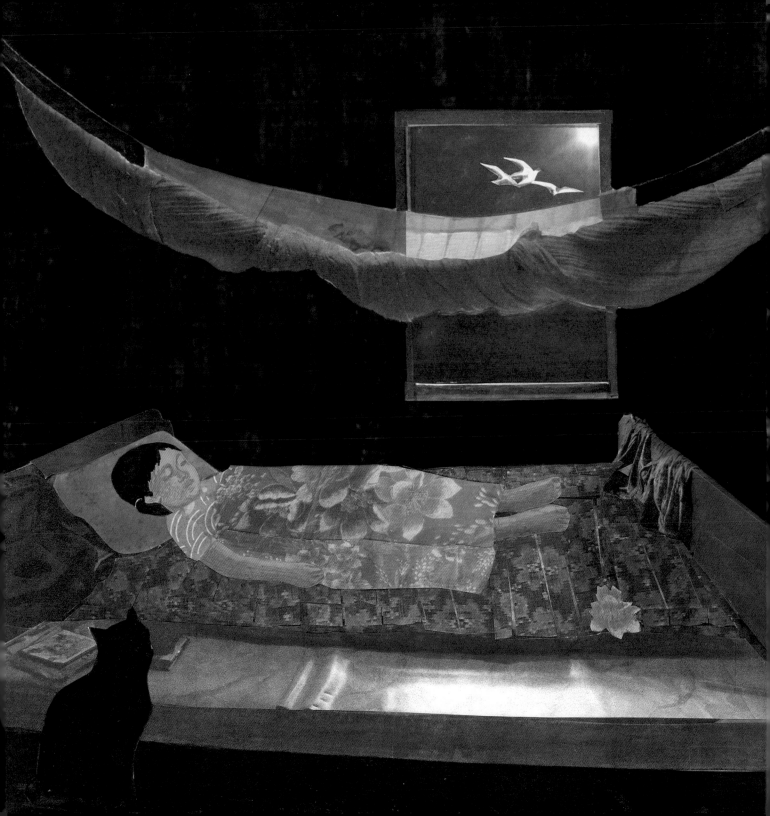

သက်ရှိသတ္တဝါအပေါင်းတို့ ဘေးကင်းကြပါစေ။
သက်ရှိသတ္တဝါအပေါင်းတို့ ပျော်ရွှင်ငြိမ်းချမ်းကြပါစေ။
သက်ရှိသတ္တဝါအပေါင်းတို့ ကျန်းမာသန်စွမ်းကြပါစေ။
သက်ရှိသတ္တဝါအပေါင်းတို့ သောကကင်းဝေးကြပါစေ။

ကျွန်မသည်ငြိမ်းချမ်းသောစိတ်အပြည့်ဖြင့်အိပ်ရာဝင်ခဲ့ပါတော့သည်။

May all beings be safe.
May all beings be happy and peaceful.
May all beings be healthy and strong.
May all beings live with ease.

I go to bed with a peaceful heart.

About Myanmar (Burma)

I See the Sun in Myanmar (Burma) tells the story of one day in a child's life in a village near Mandalay. The day unfolds with the verses of *metta* (loving-kindness) that the young Burmese girl, Aye Aye, whispers to herself. Her wishes of kindness and compassion to those around her mirror the deep-rooted Buddhist culture present in Burma. There are many Buddhist temples and monasteries and it is common to see the saffron-robed Theravada monks walking through neighborhoods collecting alms in the morning. It is an honor for families to give them food.

Burma has borders with India, Bangladesh, China, Laos and Thailand, and is one of the largest countries in Southeast Asia. It was once a country of well-educated people with wealthy export businesses of rice and gems. Among the many temples in Burma, one houses a large statue of Buddha that once had the famous Hope Diamond embedded in its forehead.

Burma was a British colony from 1824 to 1948, suffering much damage during World War II from both the British and the Japanese. Ongoing ethnic conflicts and a military takeover of the government in 1962, that lasted until 2010, also had a terrible impact on the country. The military government even changed the name of the country from Burma to Myanmar, though in protest, many people still used Burma. During this time, Burma was kept isolated from the rest of the world and became one of the poorest and least developed Asian countries with minimum healthcare.

One of the most famous democratic Burmese leaders is Aung San Suu Kyi. She was kept under house arrest from 1990 until 2010. When the military rule dissolved after the 2010 elections, Aung San Suu Kyi was allowed to become a member of the parliament. At this time many political prisoners were released, but not all. U.S. Secretary of State Hillary Clinton visited Burma to encourage ongoing reforms. On New Year's 2013 the Burmese government allowed public gatherings and displays of fireworks for the first time in fifty years.

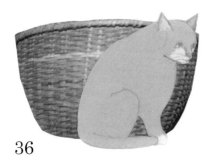

In the story, Aung San Suu Kyi's picture hangs on the wall reflecting the Burmese people's respect and love for her. President Obama visited Burma in 2012 and met with Aung San Suu Kyi. While there he said that he "had been moved by the timeless idea of *metta*—the belief that our time on this Earth can be defined by tolerance and love."

မြန်မာ (ဗမာပြည်) အကြောင်း

"မြန်မာ၊ ဗမာပြည်မှာသာတဲ့နေကိုကျွန်မမြင်သည်" သည်မန္တလေးမြို့အနီးရှိ ရွာတစ်ရွာမှ ကလေး တစ်ဦး၏ တစ်နေ့တာ ဘဝလေးကိုပုံဖော်ထားခြင်း ဖြစ်ပါသည်။ ပုံပြင်တွင် မြန်မာမလေးတစ်ဦးဖြစ်သည့် အေးအေးသည် တစ်နေ့တာကိုမေတ္တာစ (ချစ်ခြင်း-ကြင်နာခြင်း) ကိုတိုးတိုးလေးရွတ်ဆိုမှုဖြင့် အစပျိုး ထားပါသည်။ သူမ၏ ပတ်ဝန်းကျင်တွင်ရှိသောသူများအပေါ် ဆန္ဒပြု၍ ချစ်ခြင်းမေတ္တာနှင့် သနားကြင်နာမှု ကို ပိုသပေးခြင်းသည် မြန်မာနိုင်ငံ တွင်တွေ့ နိုင်သော အမြဲစွဲနေသည့်ဗုဒ္ဓဘာသာကို ကိုယ်စားပြု ဖော်ပြ နေပါသည်။ ဗုဒ္ဓဘာသာစေတီပုထိုးများနှင့် ဘုန်းကြီးကျောင်းများ အလွန် များပြားလှသည့် နိုင်ငံဖြစ်၍ နံနက်အချိန်တွင် ရွာတွင်းသို့ဆွမ်းခံရန် ကြွလာသော ရွှေဝါရောင်သင်္ကန်းခြုံ ထေရဝါဒ ဘုန်းတော်ကြီးများကို မြင်တွေ့ ရမြဲဖြစ်ပါသည်။ ယင်းတို့ကိုဆွမ်းကပ်လှူရသည်မှာ မိသားစုဝင်များ အတွက် ကြည်ညိုဖွယ်ရာပင်ဖြစ်ပါသည်။

မြန်မာနိုင်ငံသည် အိန္ဒိယ၊ ဘင်္ဂလားဒေ့ရှ်၊ တရုတ်၊ လာအို၊ နှင့် ထိုင်းနိုင်ငံတို့နှင့်နယ်နိမိတ်ချင်းထိစပ် လျက်ရှိပြီး၊ အရှေ့တောင်အာရှ၏အကြီးဆုံးသော နိုင်ငံများထဲတွင်တစ်ခုအပါအဝင်ဖြစ်သည်။ တစ်ကြိမ်တစ်ခါကမြန်မာနိုင်ငံသည် ပညာတတ်များပေါများပြီး ဆန်နှင့် ရတနာကျောက်မျက်များကို တင်ပို့သည့်လုပ်ငန်းဖြင့် ကြွယ်ဝချမ်းသာခဲ့သည်။ မြန်မာနိုင်ငံရှိစေတီပုထိုးမြောက်များစွာအနက်တွင် တစ်ဆူသည် အလွန်ကြီးမားသောဗုဒ္ဓရုပ်ပွား တော်ကြီးတည်ရှိပြီး ထင်ရှားသည့်မျှော်လင့်ခြင်းစိန်ပွင့်ကြီးကို နဖူးတော်တွင်မြှုပ်နံ့သွယ်ထားပါသည်။

မြန်မာနိုင်ငံသည် ၁၈၂၄ မှ ၁၉၄၈ ခုနှစ်အထိဗြိတိသျှကိုလိုနီလက်အောက်ခံဖြစ်ခဲ့ပြီး ဗြိတိသျှနှင့် ဂျပန် တို့ကြောင့် ဒုတိယကမ္ဘာစစ်အတွင်းတွင် အကြီးအကျယ်ပျက်စီးဆုံးရှုံးမှုများကိုခံစားခဲ့ရပါသည်။ ဆက်လက်ဖြစ်ပွားဆဲရှိသော မျိုးနွယ်စုတိုင်းရင်းသားပဋိပက္ခများနှင့် ၁၉၆၂ ခုနှစ် မှ ၂၀၁၁ ခုနှစ်အထိ ကြာမြင့်ခဲ့သည့် စစ်အစိုးရ၏အာဏာသိမ်းယူမှုများသည် တိုင်းပြည်အပေါ်တွင်ဆိုးရွားသောအကျိုး သက်ရောက်မှုများကို ဖြစ်ပေါ်စေခဲ့ပါသည်။ စစ်အစိုးရသည် တိုင်းပြည်ကိုဗမာပြည်မှမြန်မာပြည်သို့ ပြောင်းလဲခေါ်ဝေါ်ခဲ့ပြီးအတိုက်အခံများကပင် လူအတော် များများက "ဗမာ" ဟု ခေါ်ဝေါ်နေကြဆဲဖြစ် ပါသည်။ ၍ဤအချိန်အတွင်းတွင် မြန်မာပြည်ကြီးသည် ကမ္ဘာကြီးနှင့်အဆက်အသွယ်ပျက်ခဲ့ပြီး အာရှနိုင်ငံများကြားတွင် အဆင်းရဲဆုံးနှင့် တိုးတက်မှုအနေးကွေးဆုံး၊ ကျန်းမာရေးစောင့်ရှောက်မှု အဆင့်အတန်း အနိမ့်ကျဆုံးနိုင်ငံဖြစ်ခဲ့ပါသည်။

မြန်မာဒီမိုကရေစီခေါင်းဆောင်များအနက် ဒေါ်အောင်ဆန်းစုကြည်သည်နာမည် အကျော်ကြားဆုံး တစ်ဦးဖြစ်ပါသည်။ သူမသည် ၁၉၈၉ မှ ၂၀၁၀ ခုနှစ်အထိ အိမ်တွင်းအကျယ်ချုပ်နှင့် ထိန်းသိမ်းခံခဲ့ရပါသည်။ စစ်ရေးစည်းမျဉ်းများကိုပြန်လည်ပြုပြင်လိုက်သည့် ၂၀၁၀ခုနှစ် ရွေးကောက်ပွဲ ပြီး နောက်ပိုင်းတွင် အောင်ဆန်းစုကြည်ကို ပါလီမန်လွှတ်တော်အဖွဲ့ဝင်တစ်ဦးအနေဖြင့် ခွင့်ပြုခဲ့ပါသည်။ ထိုကာလတွင် နိုင်ငံရေးအကျဉ်းသားပေါင်း များစွာ လွတ်မြောက်လာကြခဲ့ကြသော်လည်း အကုန်အစင် လွတ်မြောက်ခြင်းတော့မရှိသေးပေ။ အမေရိကန်ပြည်ထောင်စုအတွင်းရေးမှူး ဟီလာရီကလင်တန်သည် မြန်မာနိုင်ငံ၏ ရွှေ့ဆက်ပြုပြင်လုပ်ဆောင်မှုတို့ကို အားပေးရန်အတွက် အလည်အပတ်ရောက်ရှိခဲ့ပါသည်။ ၂၀၁၃ ခုနှစ်နှစ်ဦးပိုင်းတွင် မြန်မာအစိုးရသည် ပြည်သူလူထုစုရုံးမှုများကိုခွင့်ပြုခဲ့ပြီး နှစ်ငါးဆယ်အတွင်း ပထမဆုံးအကြိမ် မီးရှူးမီးပန်းဖောက်လွှတ်တင်မှု ပွဲကြီးတစ်ခုကို ကျင်းပပြုလုပ်ခဲ့ပါသည်။

၍ဤပုံပြင်အတွင်းတွင် ဒေါ်အောင်ဆန်းစုကြည်၏ဓါတ်ပုံကို နံရံပေါ်တွင်ချိတ်ဆွဲထားသည်ကို ဖော်ပြထားပြီး ယင်းက မြန်မာလူမျိုးတို့၏ သူမအပေါ်ထားသော ရိုသေလေးစားမှုနှင့် ချစ်ခင်မှုတို့ကို ပေါ်လွင်စေပါသည်။ ၂၀၁၂ ခုနှစ်တွင် မြန်မာသို့ သမ္မတ အိုဘားမား အလည်အပတ်ရောက်ရှိလာကာ ဒေါ်အောင်ဆန်းစုကြည်ကို တွေ့ဆုံသွားခဲ့ပါသည်။ ထိုအလည်အပတ်ရောက်ရှိချိန်တွင် သမ္မတက "ကျွန်တော်တို့ရဲ့ကမ္ဘာ့ပေါ်မှာ တည်ရှိနေတဲ့အချိန်ကို သည်းခံခြင်း၊ ချစ်ခြင်းမေတ္တာတွေနဲ့၊ အဓိပ္ပါယ် သတ်မှတ်နိုင်တဲ့ ယုံကြည်မှုဖြစ်တစ်ခု ဖြစ်တဲ့ မေတ္တာတရားရဲ့ ကာလမဲ့အတွေးအခေါ် အပေါ် စိတ်ဝင်စားမိပါတယ်" ဟုပြောခဲ့ပါသည်။

Glossary
ဝေါဟာရ

Metta: A Pali word meaning loving kindness. The practice of metta is about planting the seeds of compassion in one's heart by saying phrases of loving-kindness to those around us.

မေတ္တာ – ချစ်ခြင်းမေတ္တာ၊ သနားကြင်နာခြင်းအဓိပ္ပါယ်ရှိသောပါဠိစကားလုံး။ မေတ္တာကို ကျင့်ကြံခြင်း သည် ကျွန်ုပ်တို့၏ပတ်ဝန်းကျင် တွင်ရှိသောသူများထံသို့ ချစ်ခြင်း–ကြင်နာခြင်းများကို ရွတ်ဆိုပေးခြင်း အားဖြင့် လူတစ်ယောက်၏နှလုံးသားထဲတွင် ချစ်ခြင်းမေတ္တာ၏ မျိုးစေ့များကို စိုက်ပျိုးခြင်းကဲ့သို့ပင် ဖြစ်ပါသည်။

Irawaddy River: The largest river in Burma runs from north to south and is important for commercial traffic, as well as for local fishermen.

ဧရာဝတီမြစ်– မြန်မာနိုင်ငံအတွင်းရှိ မြောက်မှတောင်သို့စီးဆင်းလျက်ရှိသော အရှည်ဆုံးမြစ်ကြီးဖြစ်ပြီး စီးပွားရေးသယ်ယူပို့ဆောင်မှု အတွက် ဖြစ်စေ၊ ငါးဖမ်းလုပ်သားများအတွက်ဖြစ်စေ အရေးကြီးသောမြစ် ဖြစ်ပါသည်။

Thanaka: Thanaka paste is made from the bark, wood and root of the thanaka tree mixed with water. Often applied to the faces and arms of children, it has cooling properties and can prevent sunburn. Women also use it as a decorative cosmetic.

သနပ်ခါး– သနပ်ခါးအနှစ်ကို သနပ်ခါးပင်၏အခေါက်၊ ပင်စည်၊ အသားနှင့် အမြစ်တို့ကို ရေနှင့်ရော၍ သွေးခြင်းဖြင့် ပြုလုပ်ရရှိနိုင်ပါသည်။ တစ်ခါခါတစ်ရံတွင်ကလေးများ၏မျက်နှာများ၊လက်မောင်းများတွင် လိမ်းကျံပေးခြင်းအားဖြင့် နေပူလောင်ခြင်းမှ သက်သာစေကာ၊ အေးမြစေသော အစွမ်းသတ္တိရှိပါသည်။ အမျိုးသမီးများကလည်းယင်းကို အလှကုန်ပစ္စည်းတစ်မျိုးသဖွယ် အသုံးပြုကြပါသည်။

La Phet: Pickled tea leaves. This particular way of preparing and serving tea (to eat rather than drink) is unique to Burma. La Phet is usually served in a divided dish with sesame seeds, fried garlic, and roasted peanuts. Serving this dish shows friendship and hospitality.

လက်ဖက်– လက်ဖက်ရွက်သုတ်။ ၍သို့ (စားရန်အတွက်သာ၊ သောက်ရန်မဟုတ်) သောလက်ဖက်မျိုး ကို ပြင်ဆင် ည့်ခံကျွေးမွေးခြင်းသည် အတုမရှိထူးခြားသောမြန်မာတို့၏ဓလေ့တစ်မျိုးဖြစ်ပါသည်။ လက်ဖက်ကို သာမန်အားဖြင့် နှမ်း၊ ကြက်သွန်ကြော်၊ ပဲလှော်တို့ဖြင့်ခွဲထက်တစ်ခွက်အတွင်းရှိ သီးသန့် အကန့်လေးများ အတွင်းတွင်ထည့်ကာ ည့်ခံလေ့ရှိပါသည်။ ၍အစားအစာကိုည့်ခံခြင်းသည် ရင်းနှီးမှုနှင့် ပျူငှာမှုကိုပြသရာရောက်ပါသည်။

Ah Pe: Father

အဖေ

Ah Me: Mother

အမေ

A Phwar: Grandmother

အဖွား

A Ko: Older brother

အစ်ကို

Thura: Brave

သတ္တိ

Ay: Success

အောင်မြင်ခြင်း

Sanda: Moon

လ

Kyi: Clear

ကြည်လင်ခြင်း

Daw: An honorific for an older woman, meaning aunt or Ms.

ဒေါ် – အသက်ကြီးသောအမျိုးသမီးများကို ရိုသေသမှုဖြင့် ခေါ်ဆိုမှု၊ အဒေါ် သို့မဟုတ် အမျိုးသမီးဟု အဓိပ္ပါယ်ရသည်။

Khin Thiri: Khin means friendly; Thiri means gold.

ခင်သီရိ– ခင် သည် ရင်းနှီးခင်မင်မှု ဟူသော အဓိပ္ပါယ်ရ၍ သီရိသည် ရွှေဟူသော အဓိပ္ပါယ်ဆောင်သည်။

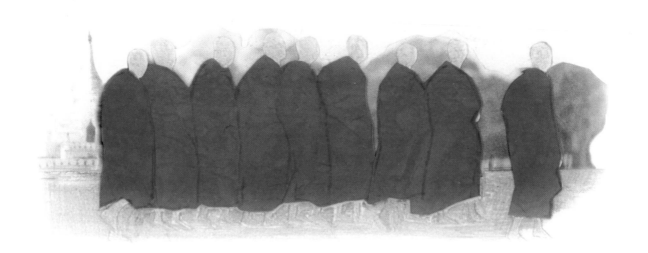